papyrus

L'ŒIL DE RÉ

DE GIETER.

COULEURS:
G. VLOEBERGHS.

DUPUIS

Dépôt légal : mai 1995 — D.1995/0089/92
ISBN 2-8001-2194-7— ISSN 0771-8969

Imprimé en Belgique.

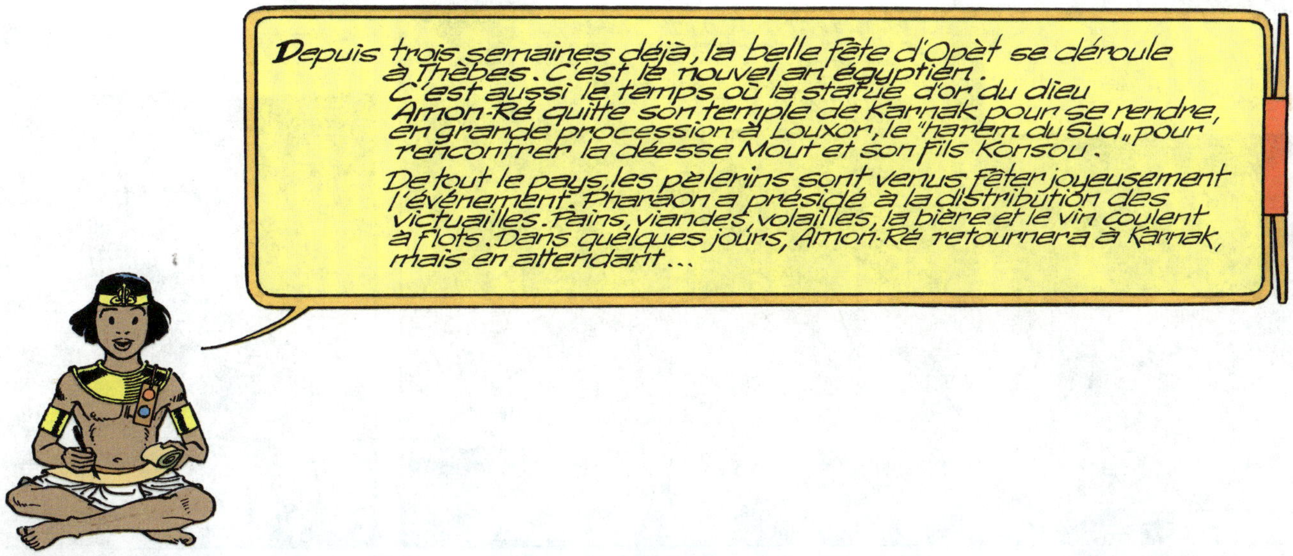

* VOIR: LES QUATRE DOIGTS DU DIEU LUNE. N°6

Je suis très heureux de te revoir, mais je n'ai pas tellement soif !
HA!HA!HA! Inutile d'avoir soif pour boire à ma santé, camarade ! Et aujourd'hui, c'est Pharaon qui offre la bière !
Oui!...Bon! Mais juste un petit coup!
Holà, tavernier ! J'ai soif! Apporte-nous des cruches de bière !
À LA SANTÉ DE PHARAON! VIE! FORCE! SANTÉ !
Glou! Glou! Glou!
HIPS
À LA SANTÉ DE L'OPET!
À LA SANTÉ D'AMON!
À LA SANTÉ D'ISIS!...
À...À LA...CHANTÉ... DE THÉTI-CHÉRI...HIPS!
Encore un petit coup, Papyrus?

HIPS!
Oh, lala! Ma tête!... Ça tourne! Ça tourne!
Je ne suis pas bien du tout!
Et tandis que la barque d'Amon se balance doucement, bercée par le courant, non loin du temple de Louxor.
ZZZZZ
BOUM BOUM
ZZZZ
BOUM BOUM BOUM
ZZZ...
BOUM BOUM
BOUM
AH!
DE GIETER.

BOUM
!
MISÉRABLE PAPYRUS! TU ES IVRE! ET TON DIEU AMON SE FAIT DÉCAPITER! TU N'ES PLUS DIGNE DU GLAIVE MAGIQUE QUE TU AS REÇU!
C'est pas le moment de discuter!
RENDS-LE-MOI!
AAAAAH!
JE VAIS TE BROYER!
Ça va pas la tête, non?
Le voilà, votre glaive!
DE GIETER.
4

PLOUF
?
Alors, compagnon ! La bière te donne le sommeil bien agité !
HA! HA!
HA! HA! HA! HA!
Ne reste pas là !
OOOH !...
Ma tête !... Imhoutep, j'ai fait un rêve affreux !... Amon m'est apparu... sans tête... il me menaçait... il a pris mon glaive !
Je suis sûr qu'un malheur va arriver ! Il faut faire quelque chose !*
Du calme !... Ça peut s'arranger. Suis-moi, je connais un devin. Il interprétera ton rêve. Il se nomme Satamon !
* Les Égyptiens accordaient beaucoup d'importance à leurs songes.
Satamon ? Que voulez-vous du plus grand devin de Thèbes ?
En bafouillant un peu, Papyrus raconte son terrible cauchemar.
Hum ! Hum !
C'est grave heu.. Maître ?
5
DE GIETER 94

Sans doute! Sans doute! Mais je verrai beaucoup plus clair si tu mets sur l'autel de mes ancêtres ... ce bracelet d'or!
Rêve funeste! Jour néfaste! Méfie-toi de tous! Du crocodile, de tes amis, du scorpion, de tes voisins, du serpent, du rat et de la souris, des puces ...
Ne reste pas sous un arbre, sous un mur ou près de l'eau, méfie-toi du ciel, de la terre. Ne mange pas de poisson avarié ni de la viande pourrie, pas de fèves ni de pois chiches, ni de ...
Je dois surtout me méfier des devins!
Pourtant, je suis persuadé qu'Amon a voulu m'avertir OOOh!... J'ai toujours mal à la tête!
Tu dois te méfier des devins et de la bière!
Maux de tête?... Par Thot, pour un bracelet d'or, je te donne un remède radical : déjections d'âne mélangées à du sang de lézard, du cérumen d'oreilles de cochon et un soupçon de chiure de mouche qui colle au mur! *
*Formule authentique.
Efficace aussi contre les cauchemars!... Ben... quoi? Vous trouvez que c'est trop cher? On peut marchander!
Quelques heures de sommeil me feront du bien! Qu'en penses-tu, Imhoutep?
6

Peut-être que mon cauchemar sera oublié !... Heu... Imhoutep ?
Pa... Papyrus, Re... Regarde !
Par Horus ! La barque d'Amon !
Les dieux sont en colère !
Malédiction !
Il faut faire quelque chose !
C'est trop tard !
Il n'y a plus rien à faire !
?
J'ai retrouvé mon glaive !
DE GIETER
Te voilà satisfait !
Non !... Maintenant, j'en suis sûr. Quelque chose se trame contre Amon. J'ai vu un homme caché sous le débarcadère !
Mais Papyrus, c'est fête ! Des gens dorment partout. Dans les rues, sur les toits, sur le débarcadère, en dessous, ce n'est pas une preuve. La barque, c'est un accident !...
Il faut prévenir le grand prêtre du temple !
Entrer dans le temple du sud, tu sais que c'est impossible, personne ne le peut, surtout quand Amon est dans ses murs !
Tu as raison, mais... Hé ! Hé ! Hé ! Voilà la solution !

Des ânes ?! Tu es sûr que ça va, Papyrus?
Khamelot, brave ami, protecteur de Théti-Chéri, compagnon du Pharaon*. Il faut m'aider, où est ton maître, Pouin?
HI! HAN!
Je t'assure que quelques heures de sommeil te feront du bien!
Laisse-moi faire!
* Voir: Le seigneur des crocodiles.
Khamelot, vilain! Vas-tu me lâcher? Qu'est-ce qui te prend ? Laisse-moi!
Pouin, c'est moi qui t'ai envoyé chercher. Quelque chose se prépare dans le temple. Il faut aller voir dans le saint des saints!
Tout le monde sait qu'on n'entre pas dans le temple!
Il y a un moyen! Passer par-dessus le mur!
Ah, non! Ah, non! Je la connais ta méthode!
Pouin, tu ne peux pas refuser! Tu tiens peut-être l'avenir de l'Égypte entre tes mains!
Non! Je n'irai pas!
Même Khamelot est d'accord!
Un bon mouvement!
Nan! Je n'irai pas.
PAF
Va voir dans le naos, la statue du dieu Amon!
8
DE GIETER

Bravo, Khamelot, il est passé!
Joli coup!
Personne?
Il... Il en a de bonnes, Papyrus. Aller dans le naos... voir si la statue d'Amon est intacte!
Et d'abord, où est ce naos?
Voilà une entrée du temple... mais...?
Des prêtres! Ils dorment. Non! Ils sont soûls!
Ceux-là sont inoffensifs, mais ouvrons l'oeil!
ZZZ
HIPS!
Que viens-tu faire ici, voleur? Tu n'as pas le droit...
...de toucher à ma cruche de zzzz...de zzz vin... zzz.
DE GIETER 94

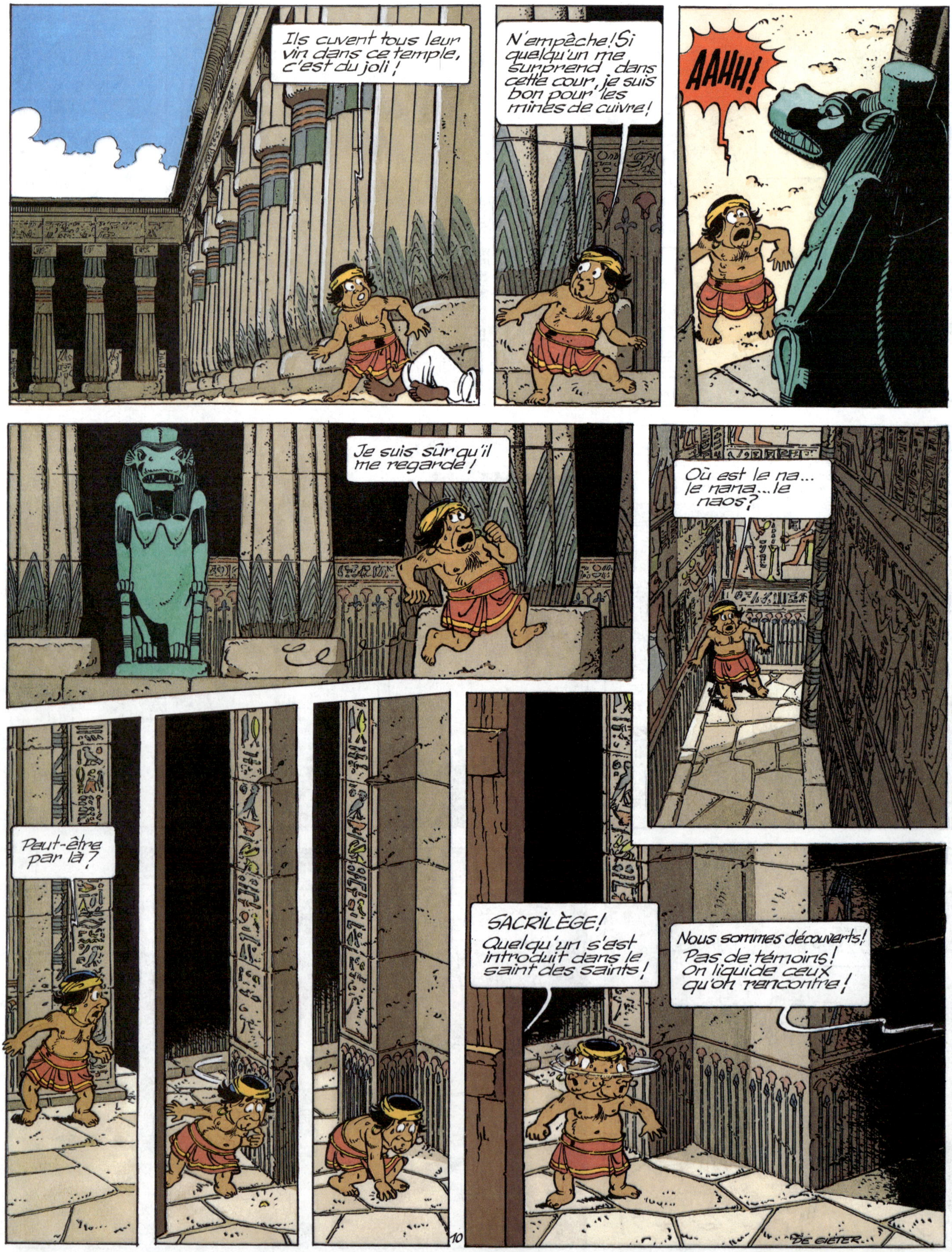

Ils cuvent tous leur vin dans ce temple, c'est du joli !
N'empêche ! Si quelqu'un me surprend dans cette cour, je suis bon pour les mines de cuivre !
AAHH!
Je suis sûr qu'il me regarde !
Où est le na... le nana... le naos?
Peut-être par là ?
SACRILÈGE!
Quelqu'un s'est introduit dans le saint des saints !
Nous sommes découverts ! Pas de témoins ! On liquide ceux qu'on rencontre !
10
DE GIETER

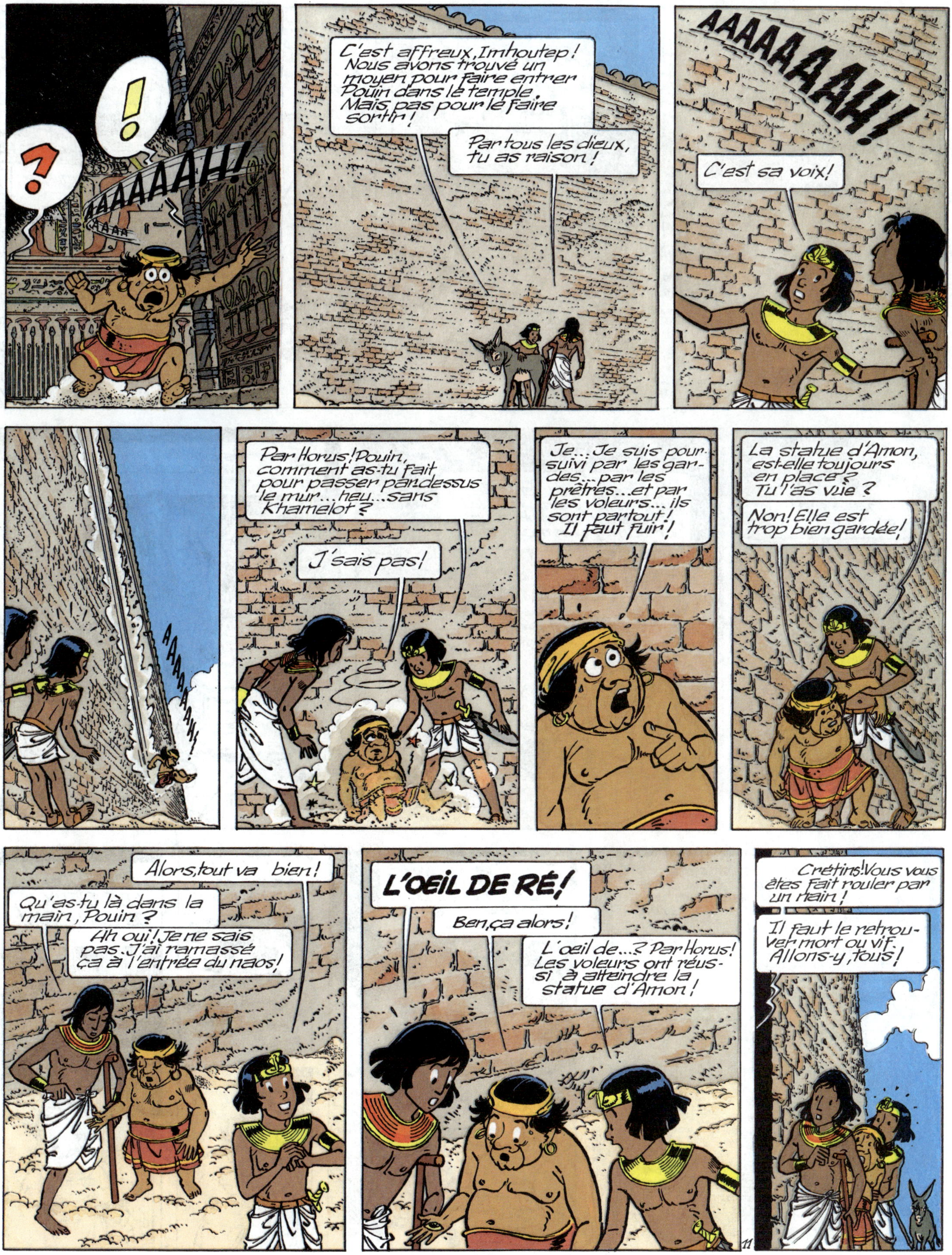
?
!
AAAAAAH!
AAAAA
C'est affreux, Imhoutep! Nous avons trouvé un moyen pour faire entrer Pouin dans le temple. Mais pas pour le faire sortir!
Par tous les dieux, tu as raison!
AAAAAAAAH!
C'est sa voix!
AAAAAAAH!
Par Horus! Pouin, comment as-tu fait pour passer pardessus le mur... heu... sans Khamelot?
J'sais pas!
Je... Je suis poursuivi par les gardes... par les prêtres... et par les voleurs... ils sont partout! Il faut fuir!
La statue d'Amon, est-elle toujours en place? Tu l'as vue?
Non! Elle est trop bien gardée!
Alors, tout va bien!
Qu'as-tu là dans la main, Pouin?
Ah oui! Je ne sais pas. J'ai ramassé ça à l'entrée du naos!
L'OEIL DE RÉ!
Ben, ça alors!
L'oeil de...? Par Horus! Les voleurs ont réussi à atteindre la statue d'Amon!
Crétins! Vous vous êtes fait rouler par un nain!
Il faut le retrouver mort ou vif. Allons-y, tous!

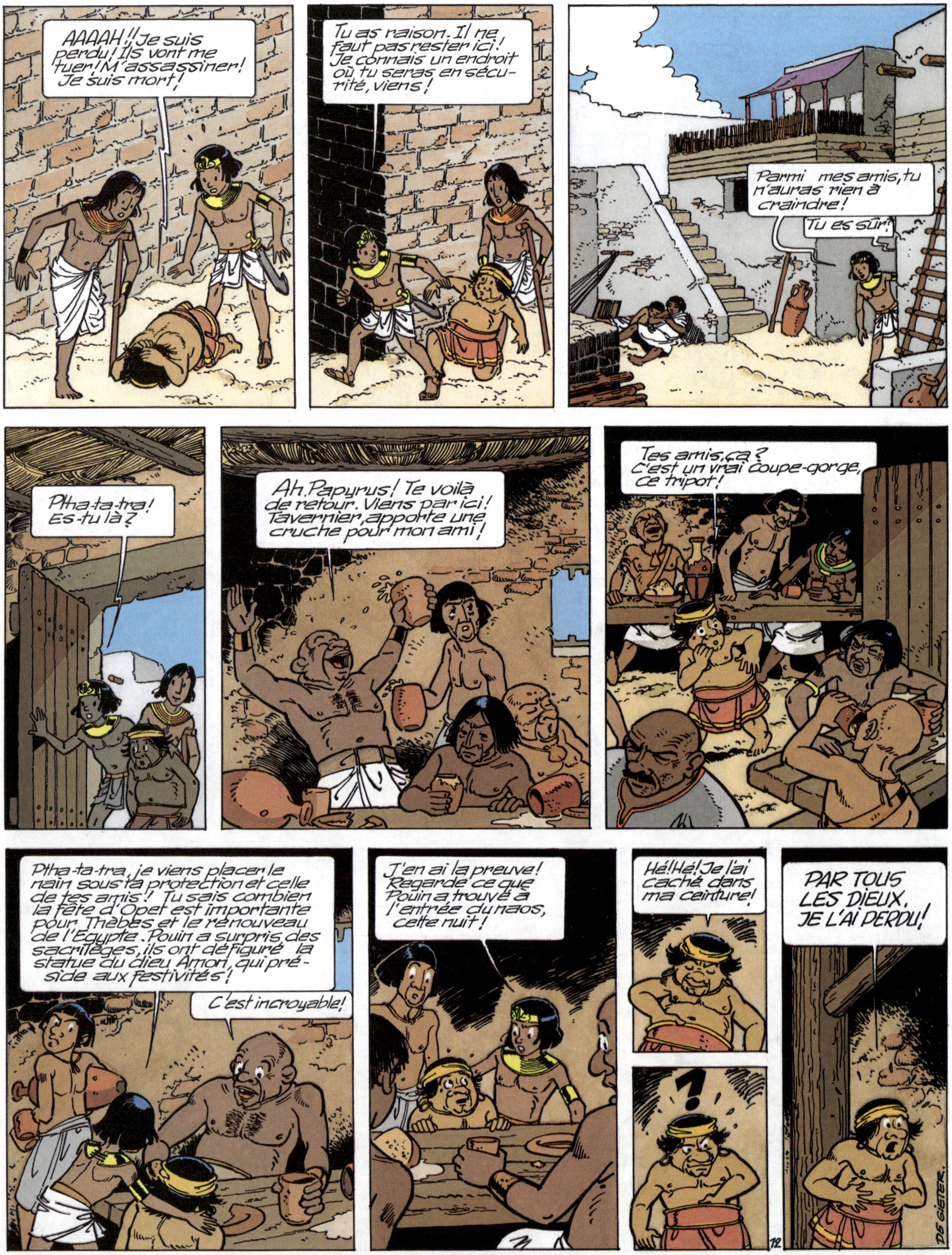
AAAAH ! Je suis perdu ! Ils vont me tuer ! M'assassiner ! Je suis mort !
Tu as raison. Il ne faut pas rester ici ! Je connais un endroit où tu seras en sécurité, viens !
Parmi mes amis, tu n'auras rien à craindre !
Tu es sûr ?
Ptha-ta-tra ! Es-tu là ?
Ah, Papyrus ! Te voilà de retour. Viens par ici ! Tavernier, apporte une cruche pour mon ami !
Tes amis, ça ? C'est un vrai coupe-gorge, ce tripot !
Ptha-ta-tra, je viens placer le nain sous ta protection et celle de tes amis ! Tu sais combien la fête d'Opet est importante pour Thèbes et le renouveau de l'Egypte. Pouin a surpris des sacrilèges, ils ont défiguré la statue du dieu Amon, qui préside aux festivités !
C'est incroyable !
J'en ai la preuve ! Regarde ce que Pouin a trouvé à l'entrée du naos, cette nuit !
Hé ! Hé ! Je l'ai caché dans ma ceinture !
?
PAR TOUS LES DIEUX, JE L'AI PERDU !
12
DE GIETER

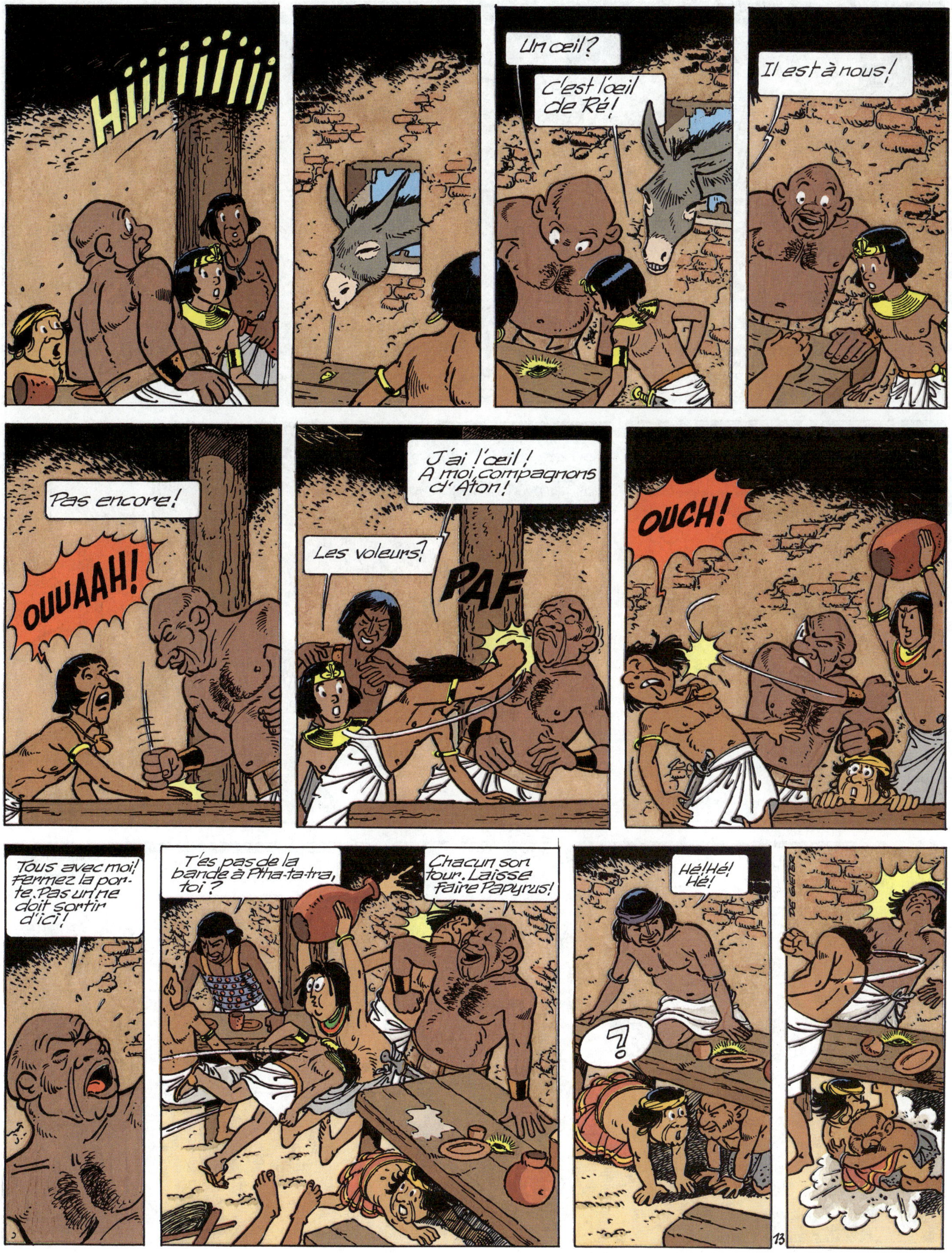
Hiiiiiiiii
Un œil?
C'est l'œil de Ré!
Il est à nous!
Pas encore!
OUUAAH!
J'ai l'œil! A moi, compagnons d'Aton!
Les voleurs!
PAF
OUCH!
Tous avec moi! Fermez la porte. Pas un ne doit sortir d'ici!
T'es pas de la bande à Ptha-ta-tra, toi?
Chacun son tour. Laisse faire Papyrus!
Hé! Hé! Hé!
?
DE GIETER
13

HA!HA!HA!HA!
Une bonne bagarre, ça fait du bien!
Hi!Hi!Hi! Par Horus!
Il y a de l'ambiance à la "Queue de crocodile" ce matin!
Pouin, où est l'oeil?
Il est...
GLUB!
Il est là! Le nain a avalé l'oeil de Rê! Il nous le faut!
Commencez toujours par digérer ça!
DE GIETER

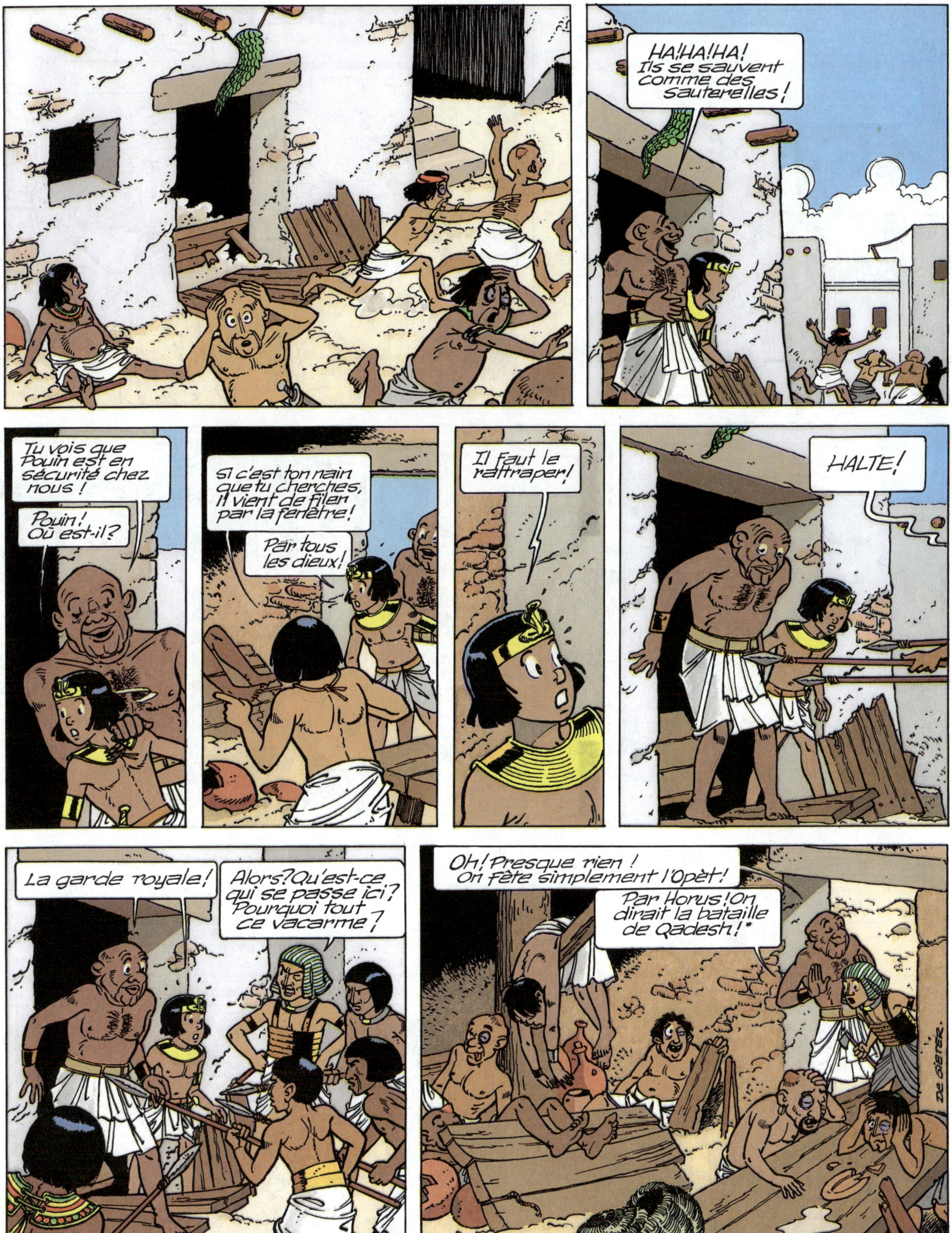

* Qadesh : la plus célèbre des batailles de Ramsès II.

Ouais!... Bon!... C'est toi, Papyrus? Suis-nous!
Moi? Mais pourquoi?
Ordre de Pharaon, ne discute pas!
Ptha-ta-tra, il faut retrouver Pouin!
Tu peux compter sur moi!
Mais qu'est-ce que j'ai fait? Où m'emmenez-vous?
Tu verras bien!
?
Papyrus, enfin te voilà!
Imhoutep? Théti-Chéri?
Ben, je n'ai pas voulu interrompre tes retrouvailles au cabaret... Je suis venu prévenir Théti-Chéri et le vizir Nesimontou.
Tu as raison, Papyrus, il se passe des choses graves. La barque d'Amon est perdue. Il faudra emprunter le dromos pour ramener le dieu à Karnak et nous savons que les ennemis de Pharaon préparent quelque traquenard!
DE GIETER
16

Je le sais, qu'il se passe des choses graves et quand les soldats sont venus m'arrêter, j'allais me lancer à la poursuite de Pouin. C'est lui qui a avalé l'oeil d'Amon-Ré !
Avalé ?
A l'heure qu'il est, si vos ennemis ne l'ont pas retrouvé, il doit se terrer dans le vieux quartier de Thèbes. Comment le retrouver ?
Lui, ce sera difficile, mais pour son âne, il y a peut-être une solution !
Plus tard, quelque part dans le vieux Thèbes, là où se rassemblent les ânes.
Tu crois que ça marchera ?
Ordre de Pharaon ! Khamelot, compagnon du Roi, premier protecteur de la princesse, intendant des domaines*, doit se rendre au temple de Louxor. Afin d'accompagner le retour du dieu Amon à Karnak !
?
* VOIR 'LE SEIGNEUR DES CROCODILES'.
HIIIIIIII
Khamelot, non ! N'y va pas ! C'est un piège !
Hi ! Han !
Le voilà !
Nous le tenons !
DE GIETER.
17

Formidable! Ils l'ont trouvé tout de suite!
Il faut le protéger de la fureur des gardes!
Ça va, Seigneur Pouin? Vous êtes bien installé?
!
Hé! Hé! Nulle raison d'avoir peur. Il est très bien protégé!
Ça alors!
Ces misérables porteurs ne vous secouent pas trop, seigneur Pouin?...
Le soleil ne vous dérange pas?
Ben... non... ça va!
Le Seigneur Pouin arrive!
Laissez passer le Seigneur Pouin!
Protégé par le temple, Pouin sera entouré de toutes les attentions jusqu'à la récupération de l'oeil de Rê!
18
Je ne m'attendais pas à tant de sollicitude!
OUAAAAA...
?
!

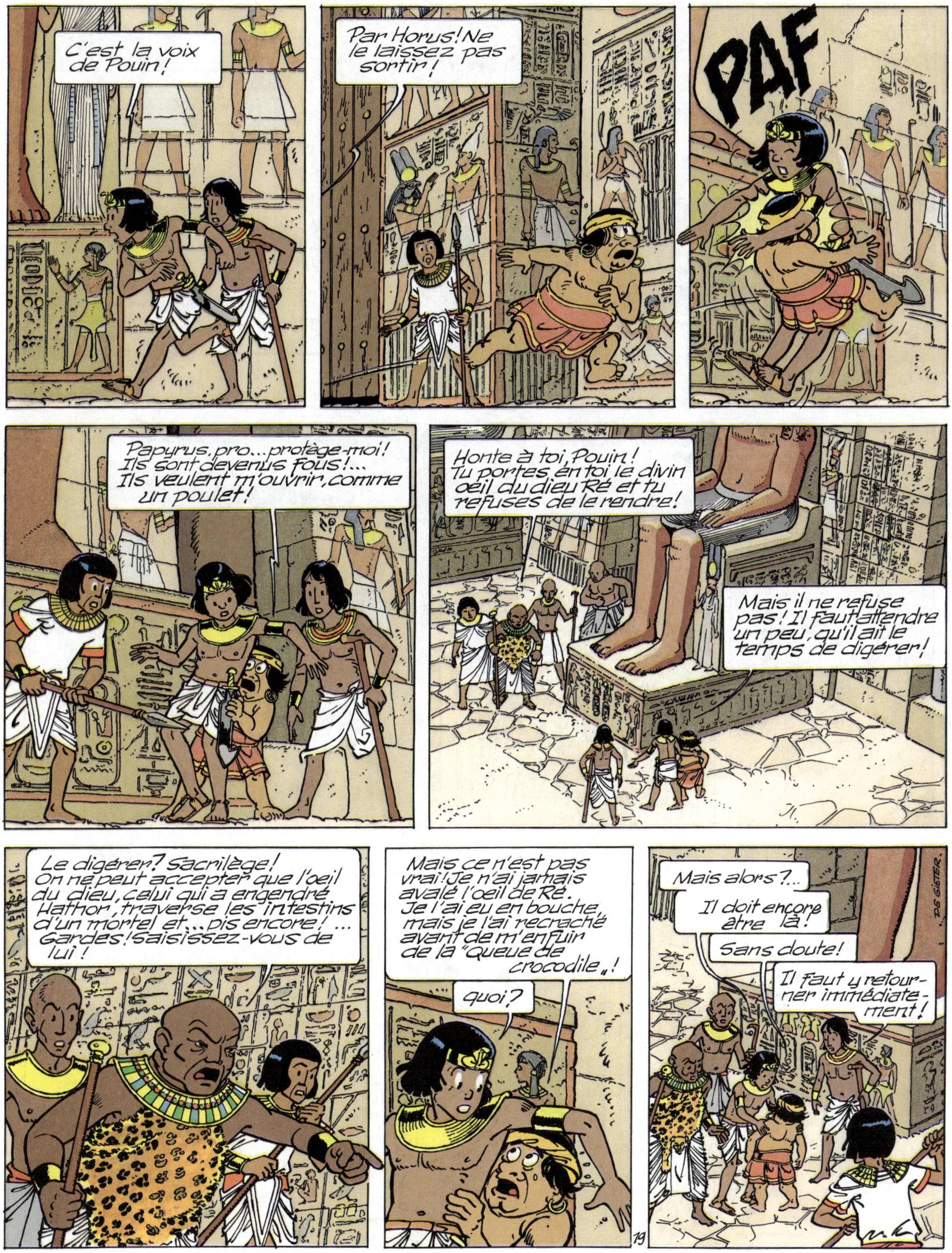
C'est la voix de Pouin!
Par Horus! Ne le laissez pas sortir!
PAF
Papyrus, pro... protège-moi! Ils sont devenus fous!... Ils veulent m'ouvrir, comme un poulet!
Honte à toi, Pouin! Tu portes en toi le divin oeil du dieu Rê et tu refuses de le rendre!
Mais il ne refuse pas! Il faut attendre un peu, qu'il ait le temps de digérer!
Le digérer? Sacrilège! On ne peut accepter que l'oeil du dieu, celui qui a engendré Hathor, traverse les intestins d'un mortel et... pis encore! ... Gardes! Saisissez-vous de lui!
Mais ce n'est pas vrai! Je n'ai jamais avalé l'oeil de Rê. Je l'ai eu en bouche, mais je l'ai recraché avant de m'enfuir de la "Queue de crocodile"!
quoi?
Mais alors?...
Il doit encore être là!
Sans doute!
Il faut y retourner immédiatement!
DE GIETER
19

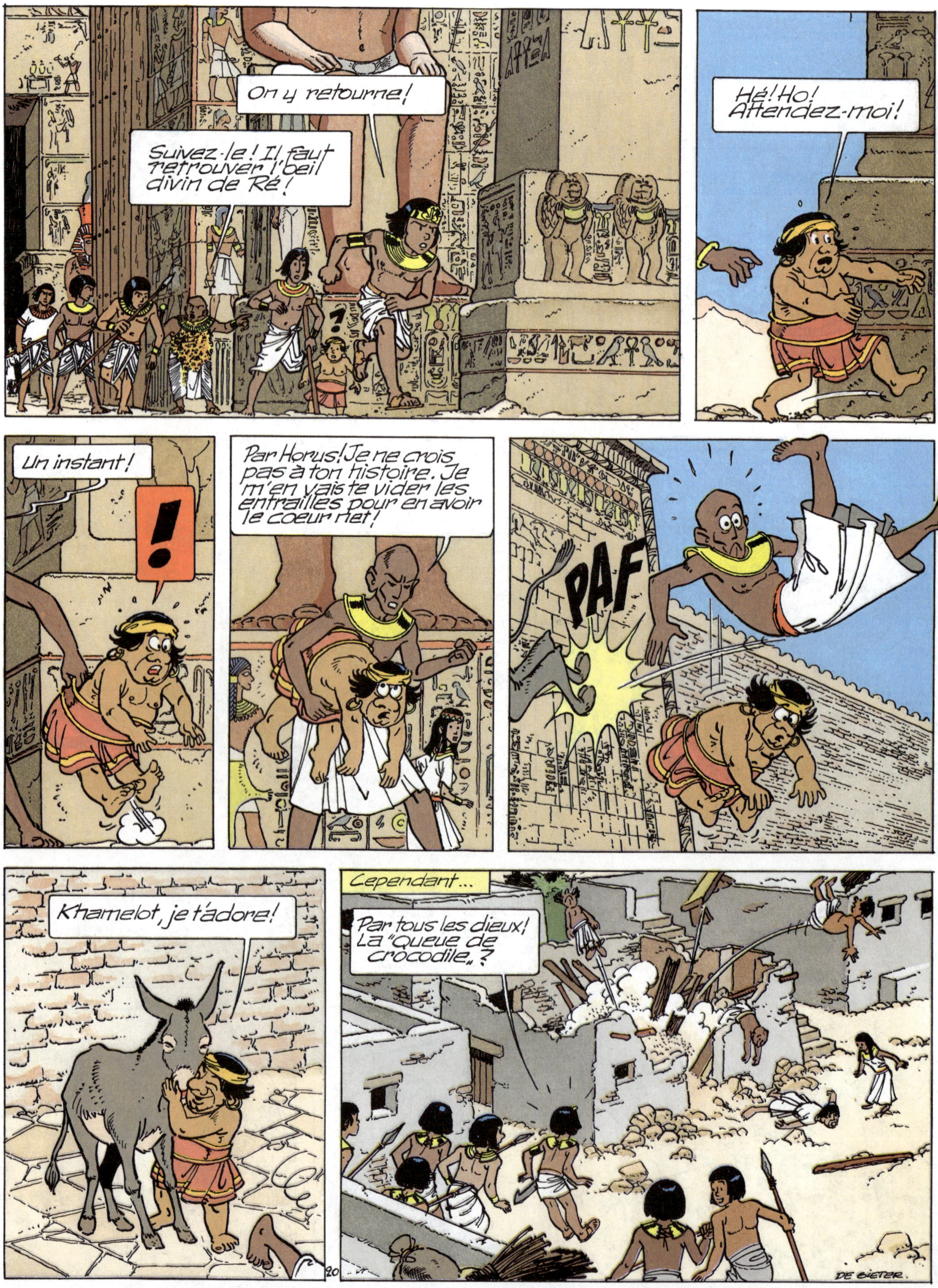
On y retourne!
Suivez-le! Il faut retrouver l'oeil divin de Ré!
Hé! Ho! Attendez-moi!
Un instant!
!
Par Horus! Je ne crois pas à ton histoire. Je m'en vais te vider les entrailles pour en avoir le coeur net!
PAF
Khamelot, je t'adore!
Cependant...
Par tous les dieux! La "Queue de crocodile" ?
DE GIETER.

Ptha-ta-tra, ça va ?
Ha! Ha! Ha! Papyrus, te voilà de retour. La bande à Aton est revenue pour poursuivre la conversation. Cette fois, ils ont compris!
Pourquoi sont-ils revenus, Pouin ?
Ben! Eux aussi, ils voulaient m'ouvrir comme un poulet!
C'est très grave, Ptha-ta-tra: demain, la statue de Ré retourne à Karnak, et l'oeil est toujours ici!
Je comprends pourquoi ils ne voulaient pas quitter la place, malgré la raclée qu'on leur a passée!
Il faut absolument le retrouver!
Ouais! J'en ai assez d'être traité comme un gallinacé!
Beaucoup, beaucoup plus tard.
Rien!
Rien!
Toujours rien. On a tout fouillé, Papyrus. Il faut se rendre à l'évidence, l'oeil de Ré n'est plus ici!
Rien!
Hélas, Seigneur Nésimontou, l'oeil est introuvable!
Est-ce si important?
Pour le peuple, la fête d'Opet est l'occasion de réjouissances. Mais son rôle essentiel est de réaffirmer l'origine divine du pharaon, et sa légitimité au trône!

Nous savons que dans le temple de Mout* des nostalgiques d'Aton nouent des intrigues et Aménémès, un des frères du Roi, n'a jamais accepté d'être évincé du trône!
Le rituel est accompli: demain, le cortège accompagnera la statue défigurée du dieu qui doit retourner à Karnak. On ne peut plus rien faire!
Notre destin est entre les mains des dieux!
Non! Il faut tout faire pour que le cortège se déroule sans problème!
Je peux réunir mes hommes!
Raousen, le Grand prêtre magicien, s'est retiré dans le temple de Karnak. Il pourrait nous aider!
Tu as raison!
*Situé entre le temple de Louxor et de Karnak.
Viens, Khamelot. Il est temps de se tirer avant que les ennuis recommencent!
Et tandis que dans le secret du temple, une réunion extraordinaire réunit Pharaon, le Grand prêtre d'Amon, le Grand Vizir, les officiers de la garde...
Non loin de là, dans ce qui reste de la "Queue de crocodile" désertée.
DE GIETER

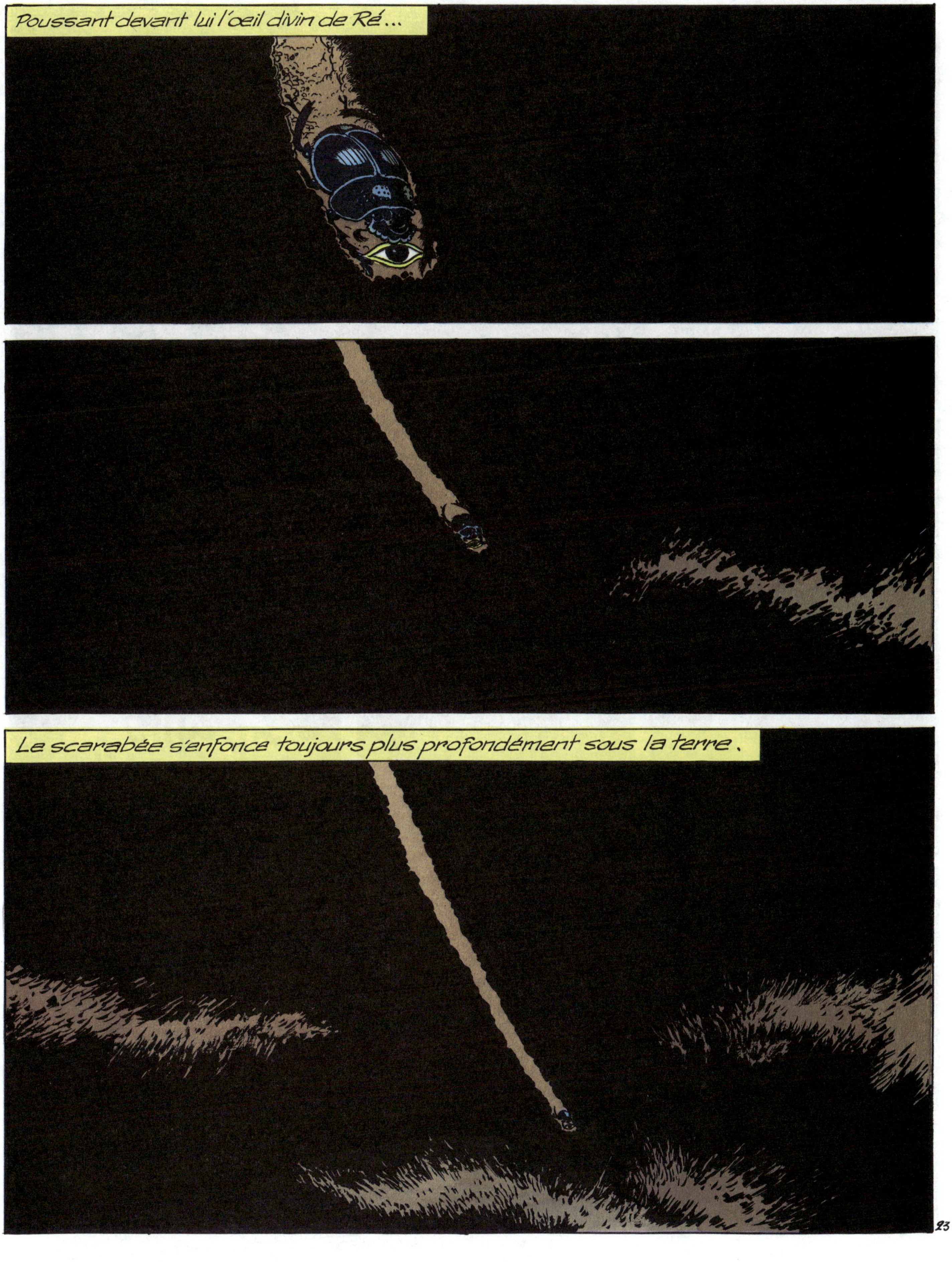
Poussant devant lui l'oeil divin de Ré...
Le scarabée s'enfonce toujours plus profondément sous la terre.
23

Pour aborder enfin le royaume d'Osiris.
OSIRIS, MAÎTRE DES TÉNÈBRES, OÙ ES-TU ?
JE SUIS L'ŒIL DE LA COLÈRE DE RÉ, LE MAÎTRE DE L'UNIVERS. JE T'ORDONNE D'APPARAÎTRE !

JE SUIS OSIRIS! MAÎTRE DE L'AU-DELÀ, GARANT DE LA RÉSURRECTION! ME VOICI DEVANT TOI. QUE VEUX TU ?
J'ORDONNE QUE L'ASSEMBLÉE DES DIEUX SE RÉUNISSE!
THOT
HORUS
SEKHMET
OSIRIS
SETH
DE GIETER
25

* Faits authentiques.

Depuis l'aube, Raouser est entré en transe. On ne peut l'approcher, Princesse !
Quand pourra-t-on lui parler ?
Je ne sais pas ! Il peut rester dans cet état... quelques heures ou quelques jours. Les dieux l'habitent !
Laisse-moi passer ! L'avenir et le trône de Pharaon sont en jeu !
Non ! Non ! La colère des dieux retombera sur nous !
Paix, Menetjem !
Raouser !
Je suis prêt à vous suivre, Princesse !
Déjà Khépri est en route !
Khépri ?
DE GIETER
27

Menetjem, qu'est-ce donc que toutes ces représentations de Sekhmet? Elles n'ont jamais été ici !
Je n'en sais rien, Seigneur Raouser !
?
Par tous les dieux! Elles nous empêchent de passer !
Vous êtes prisonniers de Sekhmet !
Par l'assemblée des dieux et la colère de l'oeil, Sekhmet, laisse s'accomplir la volonté de Rê !
Ecarte-toi de mon chemin !
DE GIETER 28

Laissons là les sorcelleries de Mout-Sekhmet. Hâtons-nous, le temps presse!
Tandis que Khépri progresse dans les profondeurs de la terre...
Les fils de la noblesse thébaine, qui ont eu l'insigne honneur d'être désignés pour porter la barque du dieu, se dirigent, à travers le dédale des ruelles, vers le temple de Louxor.
Ne reste pas là, Kamir! Ecarte de ma route cette piétaille. Sa vue m'importune! Je suis attendu au temple!
Voici le mien!
Allons! Laissez passer l'élu de Rê! Mon noble Maître Herihor!
PAF!
Ptha-ta-tra?
Ne t'en fais pas, Kamir, simple substitution. Va boire une cruche de vin à ma santé. Ce soir, ton maître te sera rendu sain et sauf!
Heu!... Laissez passer Ptha... l'élu de Rê! Mon noble Maître!
DE GIETER
29

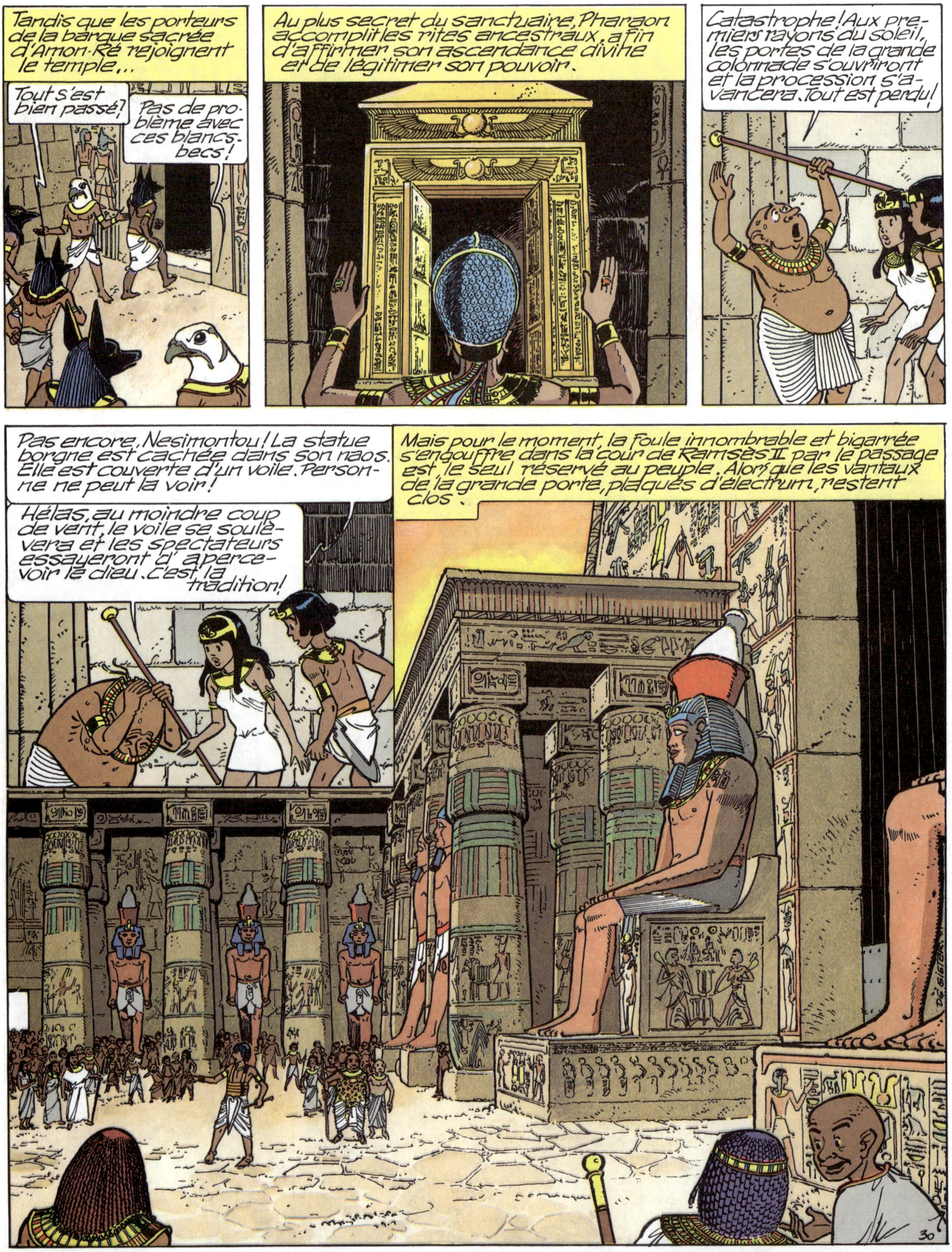
Tandis que les porteurs de la barque sacrée d'Amon-Rê rejoignent le temple...
Tout s'est bien passé?
Pas de problème avec ces blancs-becs!
Au plus secret du sanctuaire, Pharaon accomplit les rites ancestraux, afin d'affirmer son ascendance divine et de légitimer son pouvoir.
Catastrophe! Aux premiers rayons du soleil, les portes de la grande colonnade s'ouvriront et la procession s'avancera. Tout est perdu!
Pas encore, Nesimontou! La statue borgne est cachée dans son naos. Elle est couverte d'un voile. Personne ne peut la voir!
Hélas, au moindre coup de vent, le voile se soulèvera et les spectateurs essayeront d'apercevoir le dieu. C'est la tradition!
Mais pour le moment, la foule innombrable et bigarrée s'engouffre dans la cour de Ramsès II par le passage est, le seul réservé au peuple. Alors que les vantaux de la grande porte, plaqués d'électrum, restent clos.

Soudain, la foule fait silence.
Alors, précédant le premier groupe de musiciens, Horemkaf, Grand Prêtre de Karnak, s'avance, suivi par le porteur d'enseigne d'Amon-Rê. Viennent ensuite les danseuses sacrées.
Parmi lesquelles Théti-Chéri, parée telle la déesse Isis.
Puis arrivent les soldats de Pharaon...
suivis par Merenptah, le pharaon, dans le rôle de premier prophète d'Amon-Rê.
Et enfin les barques de la triade d'Amon-Rê, portées par des hommes à masques de faucon et de chien évoquant les mânes des rois-ancêtres.

* VOIR: LE SEIGNEUR DES CROCODILES.

Cependant, dans la prodigieuse lumière du jour naissant, le cortège entame le voyage de retour vers Karnak, domaine d'Amon-Rê, parcourant les trois kilomètres du dromos, bordé de sphinx criocéphales.
Je crois que nos craintes auront été vaines, Raouser. Nous arrivons au domaine de Rê !
Que les dieux t'entendent, Seigneur !
C'est vrai que ça se passe bien, Papyrus, trop bien !
Hormis quelques spectateurs trop curieux qui ont voulu approcher du naos !...

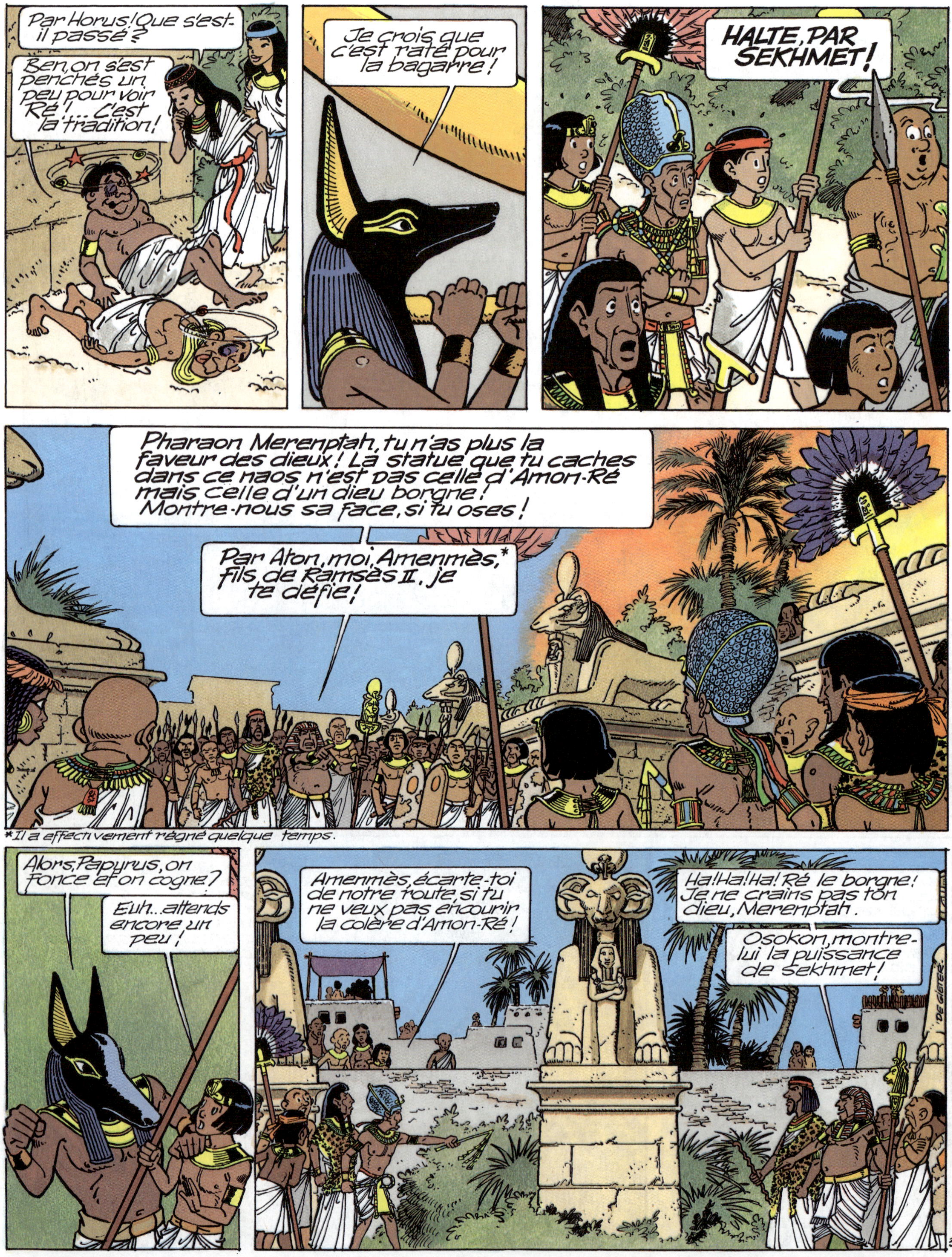

Par Horus! Que s'est-il passé?
Ben, on s'est penchés un peu pour voir Ré!... C'est la tradition!
Je crois que c'est raté pour la bagarre!
HALTE, PAR SEKHMET!
Pharaon Merenptah, tu n'as plus la faveur des dieux! La statue que tu caches dans ce naos n'est pas celle d'Amon-Ré mais celle d'un dieu borgne! Montre-nous sa face, si tu oses!
Par Aton, moi, Amenmès,* fils de Ramsès II, je te défie!
*Il a effectivement régné quelque temps.
Alors, Papyrus, on fonce et on cogne?
Euh... attends encore un peu!
Amenmès, écarte-toi de notre route, si tu ne veux pas encourir la colère d'Amon-Ré!
Ha! Ha! Ha! Ré le borgne! Je ne crains pas ton dieu, Merenptah.
Osokon, montre-lui la puissance de Sekhmet!
DE GIETER
34

Par la magie de Sekhmet, que le peuple qui suit ce dieu borgne montre sa vraie nature !
HI ! HAN ?
Khamelot, ne réponds pas ! Nous n'avons rien de commun avec ces équidés !
Hi, han ?
Hi, han ?
Ta magie ne nous impressionne pas, Osokon. Par Rê ! Ni toi, ni ton peuple de crapauds !
Vas-y, Raouser, montre-leur ce que tu sais faire !
CROAC ?
CROAC ?
CROAC ?
Agglutiné derrière les murs du dromos, le peuple de Thèbes assiste, stupéfait, à l'incroyable combat des magiciens.
Formidable !
Bravo !
Encore !
CROAC
DE GIETER
35

SEKHMET! SEKHMET! MONTRE-NOUS TA FUREUR!
RAAOOOOUUU
Tes élucubrations d'illusionniste ne nous atteignent pas, Osokon!
Par Amon-Ré! Incline-toi devant Merenptah, seul Pharaon!
Ha! Ha! Ha! Alors, Osokon, que vas-tu inventer pour contrer cela?
Oui, oui! Pharaon est le plus grand!
Que le souffle de Sekhmet dévoile la vérité!
DE GIETER

Brusquement, un souffle magique enveloppe la barque sacrée et arrache le voile qui masque le naos.
DE GIETER.
Vide !
La statue d'Amon-Ré a disparu !
Les dieux abandonnent Pharaon !
La statue disparue ! Qu'est-ce que cela veut dire, je la croyais borgne ?
Je ne sais pas, Seigneur, mais il faut profiter de cet avantage !
Alors, Papyrus, on fonce et on cogne ?
Attendons encore un peu !
Le dieu Amon-Ré t'a renié, Pharaon. Le peuple de Thèbes est témoin. L'Égypte est maudite. Rien ne te sauvera !
BRRRROOUM

37

Soudain...
THÉTI, ATTENTION!
NON!
AAAAAAH!
Raouser, qu'attends-tu! Par Horus! Fais quelque chose!
AAAAAAAAAH!
Hélas, Seigneur Pharaon, je suis impuissant face à pareille magie!
Mon enfant! Mes pouvoirs! Tout est perdu! Amenmès a gagné!
DE GIETER
Non, Seigneur! Regardez! Osokon et Amenmès sont aussi bouleversés que nous!
38
RÉ, MAÎTRE DES DIEUX! MONTRE-NOUS LA VOIE! NOUS SOMMES ENTRE TES MAINS!

Par tous les dieux! Qu'est-ce encore ?
Et devant l'assistance médusée, Nekhabit, la déesse-vautour, émerge
de la terre, couvrant de ses ailes protectrices la divine adoratrice
de Ré, Théti-Chéri. Qui présente à la foule, la statue du dieu, intacte.
DE GIETER
39

Regarde, Amenmès et incline-toi devant AMON-RÉ, dieu protecteur de l'Égypte !
La statue de RÉ est intacte !
HOURRA!
Le dieu protège Pharaon!
VIVE PHARAON!
Les dieux protègent l'Égypte !
Cependant...
Et moi aussi, merci!
Jamais je ne m'inclinerai !
A moi! serviteurs de Sekhmet, compagnons d'Aton!
Ramenez-moi la statue de Ré!
SEKHMET!
ATON!
DE GIETER
40

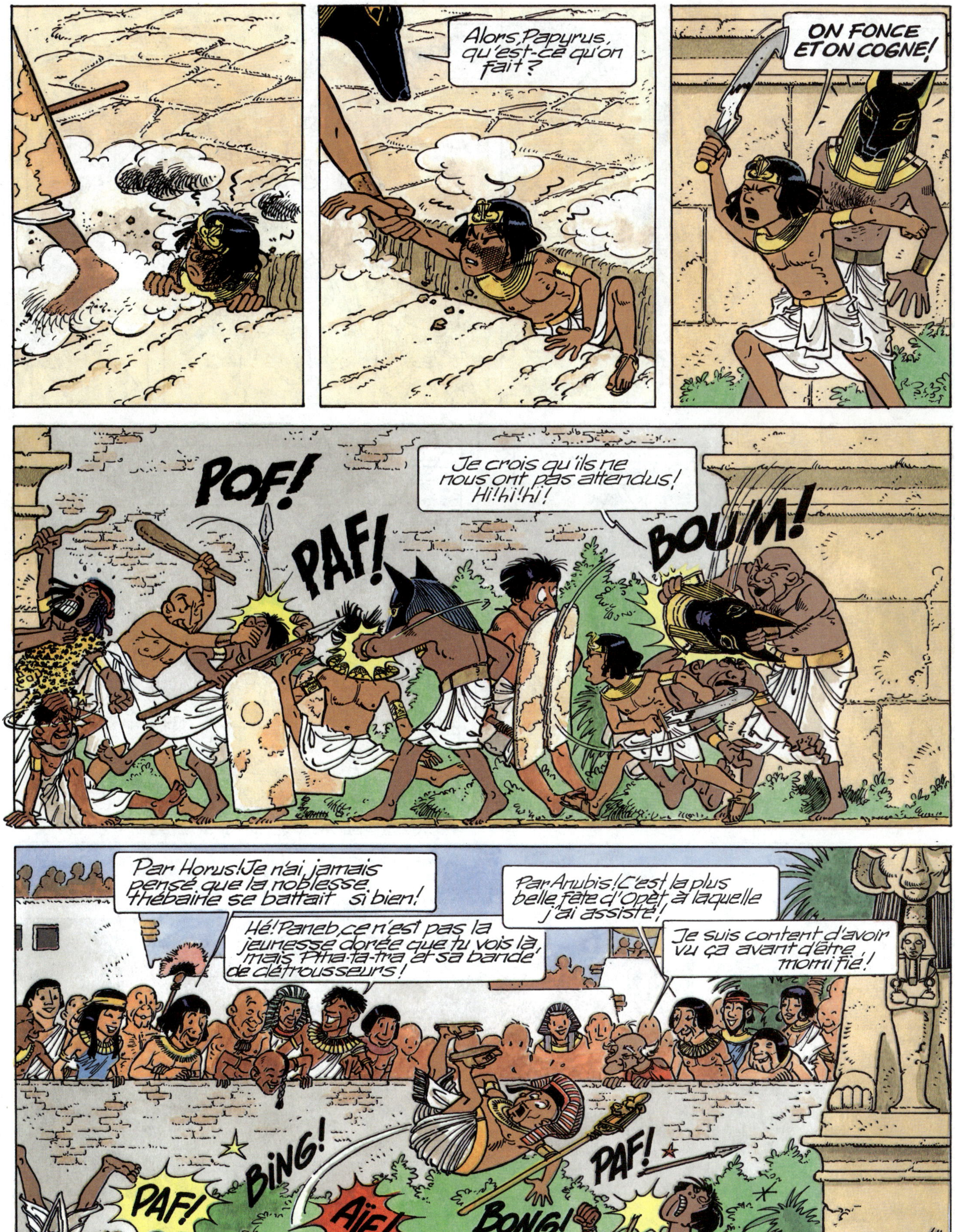
Alors, Papyrus, qu'est-ce qu'on fait ?
ON FONCE ET ON COGNE !
POF!
PAF!
Je crois qu'ils ne nous ont pas attendus ! Hi! hi! hi!
BOUM!
Par Horus! Je n'ai jamais pensé que la noblesse thébaine se battait si bien!
Hé! Paneb, ce n'est pas la jeunesse dorée que tu vois là, mais Ptha-ta-tra et sa bande de détrousseurs !
Par Anubis! C'est la plus belle fête d'Opet à laquelle j'ai assisté!
Je suis content d'avoir vu ça avant d'être momifié!
PAF!
BING!
AÏE!
BONG!
PAF!
DE GIETER 41.

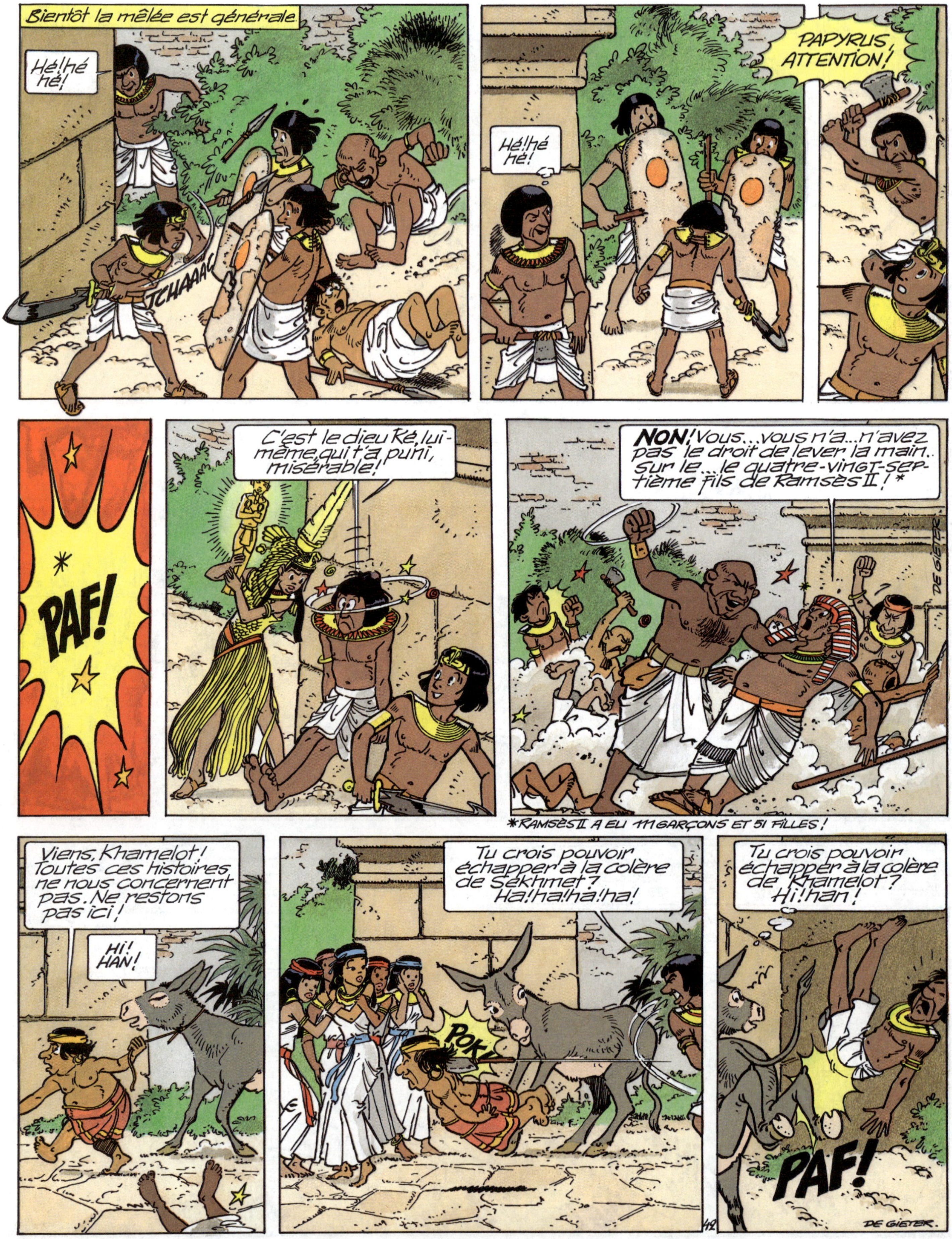

Bientôt la mêlée est générale.
Hé! hé hé!
TCHAAAC
Hé! hé hé!
PAPYRUS, ATTENTION!
PAF!
C'est le dieu Râ, lui-même, qui t'a puni, misérable!
NON! Vous... vous n'a... n'avez pas le droit de lever la main... sur le... le quatre-vingt-septième fils de Ramsès II! *
DE GIETER
* RAMSÈS II A EU 111 GARÇONS ET 51 FILLES!
Viens, Khamelot! Toutes ces histoires ne nous concernent pas. Ne restons pas ici!
HI! HAN!
Tu crois pouvoir échapper à la colère de Sekhmet? Ha! ha! ha! ha!
POK!
Tu crois pouvoir échapper à la colère de Khamelot? Hi! han!
PAF!
DE GIETER.

À MOI, SEKHMET!
VICTOIRE PAR RÉ!
Je crois qu'Amenmès et son mage ne revendiqueront plus le trône d'Egypte avant longtemps!
VIVE PHARAON!
Encore!
Encore!
Par Horus! Nous vous remercions pour l'aide décisive que vous nous avez apportée. Nous vous pardonnons d'avoir... malmené la noblesse thébaine...
Mais il vous faudra prendre sa place et porter les barques d'Amon!
Nous sommes à tes ordres. Maître, vie, force, santé!
Cette année-là, exceptionnellement, le peuple de Thèbes put voir la statue du dieu Ré, portée par Théti-Chéri, Grande Prêtresse du dieu. Mais ce n'est pas cela qui laissa le souvenir le plus marquant aux Thébains!
Pssst! Papyrus!
!
DE GIETER 95
43

Que se passe-t-il, Ptha-ta-tra?
Je voudrais que tu me rendes un petit service!
Par Ré! Je n'ai rien à refuser au sauveur de l'Egypte, parle!
Psss...sss....reposoir de barque...sss... psss......sss...ss..
Un peu plus tard...
Je crois que je me suis fait avoir!
On n'a pas pu détrousser les spectateurs, alors on s'est rattrapés sur les compagnons de Sekhmet!
Juste retour des choses!
Que Maat* me pardonne!
*Déesse de la justice.
Voilà! L'immense porte du temple de Karnak va se refermer sur le dieu Ré. Toute une année, il sera adoré dans son naos, afin de perpétuer l'équilibre du monde et l'an prochain verra les barques de Ré de Mout et de Khonsou refaire le chemin de Karnak à Louxor, pour la prochaine fête d'Opet.
COULEURS: G. VLOEBERGHS.
Hi! han!
FIN
DE GIETER 96
44.

PRINTED IN BELGIUM BY
proost
INTERNATIONAL BOOK PRODUCTION